MÍNIMAS MÁXIMAS

Autora: Therezinha Veiga
Revisão: Valter Braga
Projeto gráfico e diagramação: Caroline Gischewski
Pinturas: Therezinha Veiga
Fotografias: Leonardo Tafuri
Editores: Alencar Perdigão
Cláudia Masini
Luciana Tanure
Thásia de Medeiros

Catalogação na Publicação (CIP)

V426

Veiga, Therezinha
Mínimas máximas / Therezinha Veiga ; fotos Leonardo Tafuri. - Belo Horizonte : Quixote+Do Editoras Associadas, 2019.
88 p.: il. fot.

ISBN 978-85-66256-52-9

1. Poesia brasileira. I. Tafuri, Leonardo. II. Título.

CDD B869.1

Bibliotecária responsável: Fernanda Gomes de Souza CRB-6/2472

Quixote+Do Editoras Associadas
www.quixote-do.com.br
Rua Fernandes Tourinho, 274
Belo Horizonte, MG, Brasil
(31) 3227.3077

Therezinha Veiga

MÍNIMAS MÁXIMAS

EDITORAS ASSOCIADAS

Brincando de Brincar o Brinquedo Proibido

Ou

“Sei lá, sei lá...
A vida tem sempre razão”

Não te ensinei
Não me ensinaram
Jogar o jogo jogado

Foi por isso que chorei
Ao te ver encabulado
Querendo acertar o jogo
Sem nunca teres jogado

(Para o Alex, no penúltimo dia do vestibular)

Viver,
Proeza de fazer sozinho seu próprio ninho.

Com a palavra te achei e me perdi
E me perdi

Com meu silêncio
Te perdi
E me encontrei

(Des)aponto

Quero acertar, mas erro
Errando, fico acanhada
E mais erro, pensando ter acertado.

Choramingo,
Choro e mínguo
Minhas forças vitais.

Nenhum artista consegue ser malabarista?

Nina, a artista,

Pobre malabarista...

Consentimento

Com sentimento

É possível rimar

Perder

Sem

Sofrer???

Sonâmbulo

Meu sonho
Sonhei acordado
Dormi,
Perdi meu achado.

(O melhor mesmo é ser sonâmbulo)

Eu esperei
Não esperando
O esperado

Mas precisei acreditar
Que estarias
Hoje ao meu lado

Não tive a mão
Na minha mão
Se procurei
Não encontrei

(Onde está o seu carinho?
Onde ele se escondeu?
Procurei-o a vida toda
Será que ele morreu?)

Tristesse

Sou forte,
Eu Sei
Briguei com a morte
E ganhei...

Nasci morrendo
Vivi, nascendo...

Carícia
Ah! Carícia!
Acaricio meus cabelos
E me olho com malícia...

“Meu cabelo colorido
Colorido cabelo meu
Te elejo o meu querido
Foi um deus quem te teceu”

(8/7/1977)

Tristezas Miúdas

Alegrias graúdas

Tristezas miúdas

Deslizam no meu caminho

Embalando o meu ninho

(8/7/1977, fim de noite)

Prece ao Azul

O que peço ao azul

Que vejo da minha janela

Me faça hoje feliz

Me ajude a sentir mais bela...

(9/7/1977, 8h41min)

Como vou denunciar
Que não é difícil amar
Se num tempo que não sei
Estabeleceu-se uma lei
Que amor é rima de dor?

Vou procurar me informar
E ao mundo vou explicar
Que é preciso criar
Um jeito alegre de amar

Preso ao inconsciente que não se libera
Amor e dor, de mãos dadas, serão amigos doentes

"Parece mentira, parece
Mas é verdade patente
Que a gente nunca se esquece
De quem se esquece da gente".

Vou mudando
Vou mudando
Vou me transformando
Vou ficando
Assim
Assim
Assim

(9/7/1977, 2h30min)

A saudade da saudade

Me envolve, me visita

Percorre todo o meu corpo

Em minha alma transita

Saudade, saudade minha
Manhosa, tão menininha...
Rodopiando ligeira
Até me fazes faceira

Programar a vida
Não quero!
Esperar pela vida
Não quero!

Quero querer o que quero
Querer meu querer eu quero!

Falando de amor
Eu saio
Mas saio
Falando em amor...

Luar enluarado, vá embora!
Me devolva a noite escura de outrora...
Quero esquecer ter conhecido a lua
Sinto frio agora
Estou nua

Mas nunca te senti tão prateado
Luar safado...
Amado
Luar Enluarado!

Privilégio

É sentir amor.

Um Privilégio Muito Especial

Ganhar
Perder

"São palavras do coração?"

Respondeu-me o poeta
Não! Não! e Não!!!

Cantando,
Chorando, eu vou!

Descendo,
Subindo,
Eu vou!

Para onde?
Pensando, eu digo:
– Não sei.

Me ouvindo, respondo:
– Irei!

Tens
Reténs
Mas não deténs

(Será que o filósofo concordaria?)

Chorava, chorava...
Acordei!

Por que ao meu sonho
Eu voltei?

Jogando, eu saio

De um embaraço

Vencendo, eu caio

No meu próprio laço

Sorrio...

Te quero tanto

A ti também

Não me pertenço

Nem a ninguém também

A volta do meu cãozinho
(Dimple, para os mais íntimos)

Esperei a hora
Sofrendo a demora
De vê-lo voltar
Demorando tanto
Todo o encanto me faltou ao vê-lo
Faltou-me o desvê-lo
Não sei mais te amar

O que é meu é meu

O que é teu... é meu...
                    é meu... é meu... (meuzinho)

Dê-me um ombro para chorar as minhas mágoas

Lágrimas feitas em azul

Transparência em gotas que embalam meu olhar vago...

Cuidados meus

Em escolher com liberdade
Preferi sentir saudade

Me faço propostas

Traçando caminhos

Encontro respostas

Nos meus descaminhos...

Se faço,
Desfaço,
Choro.

Se armo,
Desarmo,
Lamento.

Mas crio,
(Re)crio
E... Só rio...

Sustando

Carinhosamente
Relembro o meu susto
E não mais me assusto
Se estremece meu busto

Ahh! Susto!...

Contraste

Ao apelo da razão

Esvaziei meu coração

(Anestesiei?)

Chorando de emoção
Inaugurei o meu não.

Pobre pioneira

Sem medo de conhecer
Eu conheci o meu medo

Alento

Carícia no sofrimento

Lamento de um cabelo

Não chore, cabelo meu
O que foi que aconteceu?

Te confundiram, bem sei
Com um cabelo comprado...

Mas veja bem, meu querido
Seres assim confundido
É coisa bem natural
Te sinto às vezes irreal!
Tamanha é tua beleza
Que te afirmo com certeza
Querido cabelo meu, foi um deus quem te teceu.

Meditação

"O que está para rir
Está para chorar."

"De repente
Não mais que de repente."

"Do riso fez-se o pranto
Silencioso e branco como a bruma..."
Vinicius de Moraes

Mas de repente, não mais que de repente
Com o encanto que retiramos de dentro de nós
próprios, sem medo, ou
Quem sabe, até com medo, mas simplesmente nos
deixando sentir, de
Repente, não mais que de repente:
Do pranto faz-se o riso...

Não chore, criança
Travessa, criança
Triste criança!...

Na travessura
Há tanta ternura
Há tanta doçura
Há tanta alegria...

Que é sinfonia
Que tenha magia
De ser travessia
Travessa, alegria...

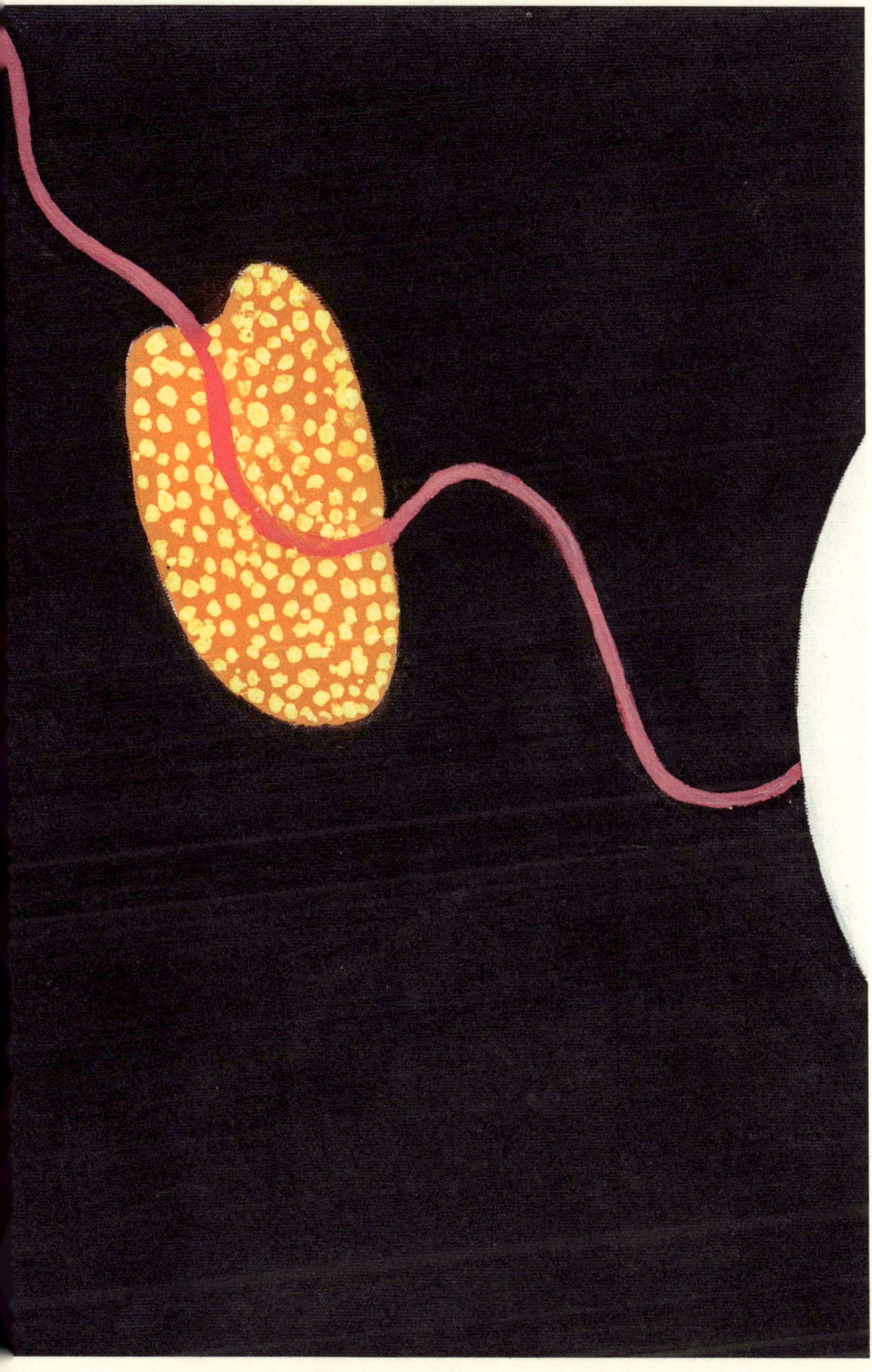

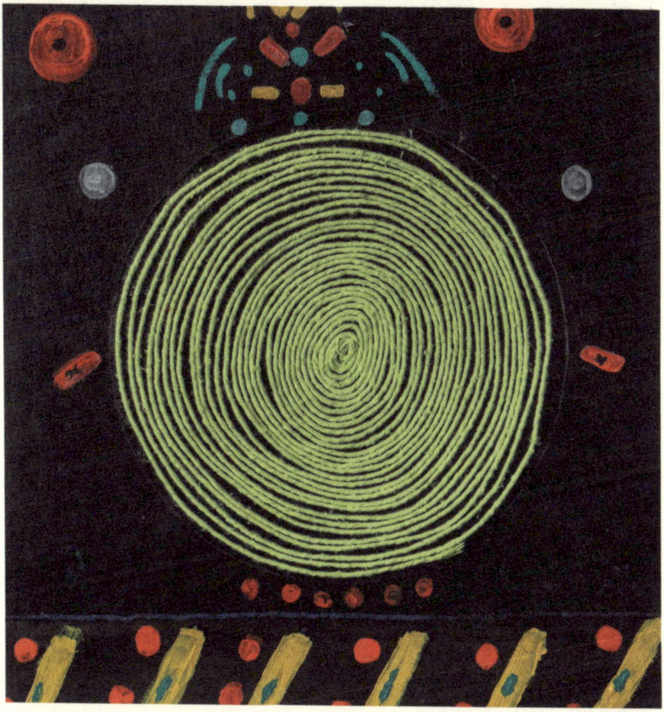

Levanto-me

Dou-me a mão

Digo adeus à solidão

Pois é

Me quero tanto

A mim também

Só me pertenço

Sou de Ninguém

(Des)acordo

Acordado
Choravas,
Sonhavas.

Dormindo
Sorrias,
Acordavas.

Poema dos 3 títulos
Ou
Nº 1 MINHAS GRAVAÇÕES
Nº 2 A ARTE DE SE PERSEGUIR O QUE ESTÁ NA MENTE
Nº 3 ATENDENDO AO QUE PEDE O CORAÇÃO

Acertando,
Errando,
Confundo botões.
Me sinto aflita, não sou tão perita!

Mas vou devagar,
Eu quero acertar!

Há tanta beleza
No choro chorado,
No canto cantado,
Suave tristeza.
Ei, Chico! Bethânia...

Desvelo caminhos,
Com jeito, jeitinhos.

Conjugo emoções,
Tristeza, alegria,
Amor, nostalgia...
Elejo fonemas,
Eu crio poemas:
"Minhas gravações"!

Bem Te Vi

Me vi, te vendo, me vi...

Te vi, me vendo, te vi...

Sorrio...

Papear é um barato?

Contigo eu papeei
Comigo tu papeaste
Será que eu me encontro?
Será que tu te encontraste?

Quero cantar o encanto
Do canto que o Chico canta
Já não canto o desencanto
Do canto que o Chico canta
(Bonito...)

Te esperarei, amor
Ainda que não chegues
Te esperarei, sorrindo, Amor...

Te acaricio, ainda que ausente.
Te acaricio, Amor inexistente.

A lua se escondeu, Amor
Me esqueceste?...
Mesmo assim te esperarei...
No amanhã, quem sabe, eu te terei.

Me pilhei sorrindo

- Me pilhei...

De emoção, então, como chorei...

E agora, Terê?
Você que dormiu,
Você que fugiu,
E agora, Terê?

O tempo passou
Idade chegou
Será que é tarde?
É tarde, Terê?

Você que sofreu
Você que gemeu
Você não morreu!

Terê hoje sabe que pode ser sábia
Que pode escolher viver ou morrer
Criando a vida
Terê quer viver.

Sem aquelas paredes
Não consigo ainda
Passear livremente
O espaço é imenso para os meus pés descalços

Sento-me no chão e choro
Mas rio também
Lembro-me de uma bota, a de sete léguas
Guardei-a na minha infância...

Eu me alegrei
Mas não chorei
Era proibido chorar...

Hoje eu choro também
Não me importam marcas no meu rosto
Posso me alegrar também...

Não choro mais
Criei para mim outro modo de dizer que estou chorando

Terê Conceição
Mulher parideira
Pariu inteireza
Que coisa bonita!
Menina catita
Menina valente
Mostrou pra essa gente
O seu nascimento

S'imbora, Terê
É hora...
Você esperou
Palavra esperada
Palavra não veio!

S'imbora, Terê
Você procurou
Até já tentou
Bancar essa gente
Que sabe esperar...

Terê vai para o mar
Deitar na areia
Se faz de sereia
Terê parideira
De coisas bonitas
Vá se enfeitar
Se enfeita
Se ajeita!

Com algas verdinhas
E conchas branquinhas...
Prepara seu ninho
Que nem passarinho
Que nem beija-flor
Com paciência e amor
Que chega o momento
Suave momento
De seu nascimento
Terê da Tereza
Brinque a incerteza
Esquece a tristeza
Carnaval tá aí...
Guaraná TAÍ
E o amor?
Tá aqui

Me perdi não vendo no chão a marca de meus pés:
A chuva apagara todas
Recrio minhas pegadas com meus pés molhados
E sorrio
O sol irá apagá-las também
Calço meus sapatos e saio.

Saio, sim, sem nada
Mas, mesmo assim, eu saio
O finito ganhou nova dimensão
Sorrio, o sonho acabou, carícia não veio
O chão é colorido também...
Meus olhos brilham de novo

Meu coração viaja contigo
Para tantos espaços...
Ainda outro dia
Amava em Paris
                                        Lugar onde nunca estive
Num velho bistrô
Nossos corpos eram trechos de um cenário
Mágico, Fantástico
Pintado por Chagal

Nuvens

Pra onde vão vocês?

– Pra lá...

– Pra cá...

– Pra longe!...

Levem consigo
Meu coração

– Pra lá...
– Pra longe...

Mas sopre-as depois
De volta
Pra cá!

Vamos voar...
Vamos!
Pra bem longe...
Longe...
Meu coração treteiro
Quer ver quem chega primeiro!

Mas nem ainda sabemos
Pra onde indo estaremos!
Ah! Ah coração treteiro
Esqueça quem chega primeiro
Vamos apenas voar
Sem saber aonde chegar

Lobisomens

Não vivi
Menos ainda
Convivi com meus lobisomens
Hoje me visitam
Num apelo fraternal
Posso eleger o mais bonito
O menos humano
E com ele criar o meu castelo
Bem assombrado
Reconhecer minhas fantasias
E perdê-las?
Sei não!
É recuperá-las
E ser feliz!

Cabras cegas

Cobras cegas

Onde há diferença?
Nos meus pré-conceitos!...

Amar?
Amor?

Desejos milenares
Heranças inquestionáveis
Até hoje indecifráveis

Cartinha para a Camila
(que é Camila, não é Cacá)
Andei à procura de coisas
Para poder lhe ensinar
Mas acabei concluindo
Que coisas tão procuradas
Só você podia me dar
Que um bico, por exemplo
Que a gente teima em largar
Basta apenas um gosto
Para esse bico deixar (Não é, Camila?)
Ah minha menina!
Tão séria no seu brincar
Que brinca até de ser séria...
Me ensina a desaprender
Tudo que um dia aprendi
Perdoe meu querer lhe ensinar

Se me entristeço

Eu me abraço

Não me sufoca

Este meu laço

Pois é

Perdendo eu saio

Ganhando eu perco também

(Mas não saio...)

Qual é a meta?

Me faço propostas

Traçando caminhos

Encontro respostas

Nos meus descaminhos

[1ª Edição 2019]
Esse livro foi composto em Antiqua
e impresso em papel Pólen Bold 90g/m²
para a Quixote + Do Editoras Associadas

MISTO
Papel proveniente de fontes responsáveis
FSC
www.fsc.org
FSC® C092828

PRINTED WITH SOY INK®